사랑에 대하여 묻지 않았다

이상문 시집

사랑에 대하여 묻지 않았다

달아실 시선
21

달아실

시인의 말

게으름이

또

세월만

풀썩

엎질러놓고 말았다

2019년 11월 예부룩에서

이상문

차례

사랑에 대하여 묻지 않았다

1부

프랑크푸르트에서 정선아리랑을 듣다

비가 올라나로 시작해 뒷동산에서 별을 한 움큼씩 따오기도 하고 산과 산을 이은 빨랫줄에 적삼을 널어 말리면서 딱따구리도 불러오고 검둥개를 마실 간 동안 낯선 남정네와 눈빛도 주고받다가

할아버지의 투전이 앞산 팔고 고주망태 술타령이 뒷산 넘겨주는 사이 보리밭은 읍내 작은 할머니 살림 들이고 그것도 모자라 문전 텃밭까지 골패로 들어내는 노래

중얼거림 같기도 하고 푸념처럼도 들리던 가락을 한숨으로 이어가며 보리밭 매는 할머니의 수심가를 밭가에 여섯 살 손자가 보리피리로 다 못 받아내던 정선아리랑

프랑크푸르트 외곽의 드넓은 밀밭에서 메아리로 할머니를 부르지 않아도 청록색 유장한 물결을 밀치고 솟아오르던 아리랑 아리랑 아라리요 적막을 달래고 무서움을 덜어주던 때와 다르게 가슴 먹먹한 바람에게

듣는 정선아리랑, 막 저무는 밀밭 끝자락을 붉게 붉게
물들였다

노변정담爐邊情談

　종일 난롯가에 앉아 소설을 읽었지요 얼굴이 발갛게 달아오르다 식을 때 쯤 문맥이 얽히면 창밖의 이야기 줄거리처럼 단단해 보이는 강물을 바라보았지요 그때마다 물오리들이 그려놓은 물자욱이 가만가만 흩어지며 의미들을 풀어주곤 했지요 가끔 목선에 끌려가기도 하고요 장작이 탁탁 무릎 치는 소리를 내며 타올랐지요 주인공은 어느 새 눈 덮인 강가를 걸어가고 놀란 물오리들이 잿빛 허공으로 날아오르네요 몇은 책속으로 날아들어 자맥질을 하더니 인간적이라는 말을 끄집어 올려놓네요 걸끄럽기는 그들도 마찬가진가 봅니다
　다시 뒷장을 넘겨 주인공을 강가에 세웁니다 풍경도 주인공도 변한 게 없는데 이번에는 느낌이 다르네요 현실에 너무 마음을 뺏겼었나 봅니다 삶의 모서리란 없습니다 마음이 정한 일이지요 이야기를 난로 속에 태웠나요 강변에는 아무것도 보이지 않고 책 속으로 글자들이 물결을 이루어 단정하게 흘러가고 있습니다 눈발이 날리네요 얼마나 맑은 영혼이면 저렇게 홀홀 숨을 놓을 수 있을까요 소설의 뒷맛처럼 푸릇푸릇

한 강물 위에.

　이런, 난롯불이 꺼졌네요

늙다

툇마루 같은 무릎에 앉았다 가는 햇살이
이마에 바람길을 낸다

오늘은 마음도 빈집이다

젊은 날의 어디로 마실을 나간 사람은
또 어느 거리를 헤매는지

이 집의 적막을 덮는
아파트 딱딱한 그림자 더디 오고

마른 빨래가 다시 눅눅해진다

돌아오지 마라
거기
젊은 방황의 거리에서
끝내

춘천

사월에 눈 내린다

사내자식이 그러면 쓰겠냐고
거친 손바닥 대신
핏줄 굵은 손등으로 썩썩,
닭똥 같은 눈물 닦아주던
아버지 손만 한

주먹눈 내린다

진하고 오래가는 향기를 위해
맺힌 꽃망울에도 닦아내야 할
눈물 같은 것들 있다는 듯

눈물이 아버지의 돌이 되었을지도 모르는
그 봄처럼

눈 내린다

사랑에 대하여 묻지 않았다

가만히 그의 손을 잡았다 어둠 속에서 부드럽게 나를 이끌어가는 너무 부드러워 내 마음이 어떻게 그에게 스미는지도 모른 채 푸른빛 쪽으로 나아갔다 맑은 바람의 숨결이 전해져왔으므로 삶이 조금도 두렵지 않았다 내 안의 아픔은 그에게도 쓰라린 것이어서 단단한 나이테를 만들고 아름다웠던 순간들이 꽃을 피웠다 더러는 열매가 되어 한 시절을 지나가 상처를 제 속으로 밀어 넣는 나무마다 동그랗게 세상을 닮은 열매들, 나는 세상의 나무가 왜 둥글게 자라는지 묻지 않았다

오늘 햇살에서는 단맛이 난다

고등어 굽는 저녁

그녀가 나를 반듯하고 가운데가 약간 들어간 나무 침대 위에 눕혔다 물결처럼 아늑하지는 않았지만 이런 색다름은 충분히 즐거웠다 머리맡에 조금 열린 창으로 불어오는 바람이 그녀의 알 수 없는 향기로 가득해 나의 비릿한 냄새를 덜어주었다 어슴푸레한 빛 속에 푸른 등을 지나 목을 슬쩍 간질이던 손이 꼭 닫혔던 가슴을 활짝 열어젖혔다 출렁, 한꺼번에 쏟아져 내리는 바다에 비를 뿌리다가 엄청난 폭풍우가 휘몰아치는 소용돌이 속으로 밀려들며 나는 반짝거렸다 거친 파도소리를 들으며 죽어도 감을 수 없는 눈이 그녀의 몇 번이고 가늘게 떨리는 손가락을 보았다 비늘이 돋아날 것같이 몸이 팽팽하게 당겨졌을 때, 칼날의 날카로운 전율이 몸 마디마디를 토막 내 뜨거운 불길 속으로 하나씩 하나씩 빨려들었다

그녀가 나를 먹는다 노릇노릇 잘 구워진

철쭉꽃 필 무렵

새끼줄로 금줄을 두르고
고추와 참숯을 띄운 간장항아리

뚜껑을 열면 까만 궁기가
맑은 하늘부터 덥석 베어 문다

둥근 고요 속에 얼굴을 가둬놓고
물끄러미
나를 들여다보는 일 많았다

어디서부터, 무엇 때문에

묵은 햇살 익는 냄새를 맡은
모시나비 날아와
생각 접었다 펴고 닫았다 열고

이 생각 저 생각
한참 궁리하더니
〉

푹,

손가락으로 찍어 나를 맛보고 날아간다
뒤도 안 돌아다보고

태백에 닿다

한잔하자
맑아서 서럽고 탁해서 정겨운 가락을 품은 산들
중중모리로 휘어지는 길 모두

산 겹겹 물 첩첩 닫힌 마음에
무엇이 있어 먹구름까지 탓하겠는가

빈속을 달래는 감자 몇 알과 물 한 잔의 휴게소
기어이 무너진 비탈밭에도 비는 내리고

남다른 심사도 없이 흘러드는 하루에
발길 보채며 둥둥 천둥가락을 더한다 해도

무너져 있는 것들은 무너진 대로 견디는 법
더 무너진다고 이 생에 아주 목 잡히겠는가

내 삶의 여백까지 쏟아지는 빗줄기가 빗금을 긋는데
생떼 부리듯 빗길 나서며
〉

건너 푸른 옥수수 밭 비바람에 아직 성성하면 그뿐

11월의 방문

　오늘, 브라암스가 나를 찾아왔다 그는 삼십대의 젊은 음악가 여느 때처럼 푸른 안개를 끼워 넣은 악보를 들고 색이 바랜 모자를 썼다 겉옷을 벗어 아내에게 건네는 그의 눈길이 사뭇 그윽하고 따뜻하다 음악을 너무 사랑하는 아내에 대한 순수함일 것이다 머리카락에 쌓이는 저녁 햇살을 쓸어 넘기던 그가 악보를 펼치자 저녁 안개가 흩어졌다

　흰 벽을 끝없이 오르내리는 집개미들의 선율을 바라보던 그가 창문을 열어젖혔다 팽팽히 당겨진 전깃줄 같은 11월. 거리의 헐벗은 나무로부터 악보 위로 새들이 날아와 파닥거리고 몇은 오선지 너머 세상으로 사라졌다 간결하고 작게 들리는 새소리가 피아노 현을 울렸다

　빠른 음표 몇 개로 남은 이십 대의 고뇌와 꿈이 무말랭이처럼 뽀얗게 마르고 있는 그의 악보는 지워진 바람이 더 많은데 꿈을 그리던 음표들이 나의 가슴을 쓸고 아내의 눈빛을 흔들며 지나갔다 아직 십 년을 다듬고

있는 교향곡 일 번. 누구에게나 시작은 중요한 것이다

　강하고 때로 여리게 그러나 꾸미지 않고 자신을 변주하는 그가 부러워지는 지금, 나는 돌아서서 먼지 쌓인 책을 뒤적거리고 아내는 말없이 찻잔을 옮겼다 유리 부딪는 맑은 소리가 침묵을 가볍게 흔들었다 펼쳐진 악보 위에 꾸밈음 하나를 더하며 그가 웃었다 난 자네가 더 부럽군 음표가 되지 않은 그의 말이 책장에 얹혔다

　모두를 제자리에서 빛나게 하는 그를 물끄러미 바라보던 나는 유리창에 기댄 어둠을 통해 보았다 여음처럼 잦아드는 커피 향기와 함께 아내의 푸른 눈빛을 음표 사이로 슬쩍 끼워 넣는 것을

＊ 브라암스는 교향곡 일 번을 이십 년 동안 작곡했고 슈만의 부인 클라라를 연모했다.

고구려

턱 하고 휘날리는 태극기 우표 한 장 붙여
나를 만주벌판으로 보낸다

초원의 풀꽃을 고르는 햇살과
드넓은 구릉을 달리다 물가에 잠시 숨을 몰아쉬는
바람이

낯설고 서툰 말이 아닌
모국어로 나를 읽어줄

숨 한 번 크게 들이 쉬고
왕왕 찍찍 큰 소리로 읽을

엽서
— 친구 대엽에게

찬 물에 밥 말아 풋고추를 고추장 찍어 먹었습니다 아직 봉의산 뒷머리에 잔설 희끗하고 소양강을 건너온 바람 푸릇푸릇하게 얼어 있습니다 곧 봄은 또 와서 우리 사는 세상을 기웃거리고 세상은 푸르게 물이 들겠지요 아직 그대의 그림을 이해하지 못합니다 열려 있는 문밖으로 둥둥 떠 있는 퀭한 눈의 물고기나 작은 꽃병 하나.

물안개가 자욱한 날마다 밀려드는 비린내에 울컥 헛구역질을 참고 돌아서면 그림 속의 강물이 방 안 가득 출렁거려 또 아득해집니다 늘 열려 있으면서도 다가서지지 않는 세상, 고만큼의 간격을 유지한 채 떠 있는 물고기는 아닌지요 황사 가득한 액자 속은 변하지 않고 나는 자꾸 이상해집니다

늘 문 열어놓고 사는 당신, 참 부자입니다

옥천동 골목

입구에는 교회와 세탁소 해물탕집이 어깨를 견주며 웃고 있다 얼굴만 아는 사람들이 눈인사도 없이 드나드는 골목이지만 주일마다 옷을 세탁하고 마음을 맡기려는 사람들이 섞여 분주하다 저 끝에서 이 끝으로 끝만 있는, 한 두릅의 골목

두드려라. 말씀대로 두드리면 언제든 열리는 팔순 노인의 구멍가게 쉰 기침소리에 알전구도 깜빡거리는 저녁, 여기서부터 마음이 더 많이 취해 담배도 사고 드링크제도 마시는데 "자네 지난번 멘도칼 값은 냈나" 듬성듬성 남은 치아처럼 필요한 부분만 뒤적이는 기억에 네, 네 하는 웃음으로 몇 번이고 되갚아야 한다 혹 저승까지 가져갈까도 싶지만 깜빡 얼굴마저 빼놓지 않은 게 고맙기 때문이다

어제는 낯선 차가 골목 끝까지 들어왔다가 풍뎅이처럼 붕붕거리더니 소프라노 아줌마네 담벼락을 갉아먹었다 담장 안이 안방인 집 오밤중에 반라의 부부를 보는 것도 그리 즐거운 일은 아니다 골목에 사는 한 결

코 변하지 않을 그녀의 목소리가 한 음정 낮아지는 밤
이면 골목이 이상하게 흔들려 사람들의 잠을 깨우는
데, 목소리라도 커야 무엇에든 기죽지 않는다

　이 집은 수상하다 고요를 걷어 올렸다 내리며 바람
만 들고 나는 집 두부모처럼 반듯한 불빛만 달고 사람
대신 TV가 웃어주는 집 무표정한 개가 줄반장 박 씨도
몰라보는 집 자목련 진달래 줄장미가 이어서 피고 지
는, 이 집이 정말 수상하다

　비대칭인 골목 그래도 햇살은 법보다 공평하게 좌
우를 반나절씩 왔다가서 서로의 그늘도 따뜻한 웃음
으로 올라오는 골목 끝 팻말 하나가 굳게 지키고 있다
입산 금지 이 말은 절대 옳다 골목에 산이 들어와서는
안 된다 자칫 골목이 끊기면 집들이 와르르 무너질 것
이기 때문이다 생선 한 두릅처럼

2부

귀가

아카시 나무의 미끈한 몸매처럼
잘빠진 소리 하나를 골라내느라
나는 강변에서 색소폰을 불고 있습니다
잠깐, 전화벨이 울리고
아내가 귤을 사오라고 하는군요
무슨 마트에선가 한정 판매를 한다네요
도대체가 귤처럼 동글거리기만 하는 음이
이어지지 않고 자꾸 굴러 떨어집니다
신 귤 맛처럼 얼굴이 일그러질 정도의 파열음도 나
고요
달빛이 한참 기울었네요
색소폰 소리에 출렁거리던 강물도 고요하고요
부르르, 이번에는 아랫도리를 흔드는 전화기에
못 들은 걸로 하고요
하긴 듣지는 못 했죠 진동으로 해놨으니
전화기 속의 아내는
귤나무까진 안 가져와도 되니까 얼른 들어오기나
하라고
문자를 보냈네요

쯔쯔 혀 차는 소리를 덧붙여서

그런데 소리가 너무 명료하게 들립니다

마음 때문이 아니라 밤이 깊은 탓이겠죠

얼른 악기 챙기고 풀어놓았던 음도 둘둘 말아 가야
겠네요

나무들이 그 소리를 따라하면 어쩌겠어요

아이가 가끔 아내를 따라 끌끌 혀를 차거든요

어디, 빼놓은 소리 없나요

어눌한 화해

마주앉아 말없이 수제비를 먹는다
각진 식탁이 사막처럼 멀고 팍팍하다

소금 간에 멸치를 넣어 밋밋함은 면한
신경질적으로 뜯겨진 밀가루 반죽에 총각김치 한 접시

후루룩, 사막을 건너는 빗방울 소리

아내는 자주 곁눈을 하고
나는 국물 속 멸치의 부릅뜬 눈에 박혔다

너무 쉽게 뱉은 말이 뜯어간 날들,
아무렇게나 건너온 맹탕의 시간들,

습기 먹은 모래 언덕에 붉은 꽃이 핀다

점점 멀어지는 탁자 사이에
징검다리를 놓는 김치 국물에
〉

내가 할게
내가 닦지
휴지를 든 손끼리 나누는 무언의 대화

돌아설 수 없도록 지나온 각자의 돌을 치우는
징검다리를 건너는 또 다른 방식

수제비를 먹으며 손으로부터 하는
화해의 시작이다

꽃을 피우다

풀 향기가 집 안에 겹겹이다
이런저런 이유를 달고 들어온 풀과 꽃, 나무들
여름내 들판 하나를 다 옮겨놓고
새까맣게 풀물 든 손이 부채질하는 삶이 껄끄러운
나는
자주 마른 풀잎 부서지는 소리를 냈다

몸속의 못된 덩어리 하나를 잘라내고 나서도
아직 그 뿌리가 남아
색색의 알약으로 삭이고 약초로 다스리는 중인데
그녀는 종종 가을앓이가 너무 유별나다 눙쳤다

누구든 아무것도 정해진 것이 없는 나이

더는 미련 없다 모진 돌을 던졌다가
눈물의 엄한 꾸지람으로 돌려받는 며칠
그녀의 매가 맵지 않고 말랑말랑했다

나무와 풀을 달인 쌉쌀한 단맛이

미안한 말과 함께 입 안을 맴돌다 삼켜지고
우러난 햇살이 스며드는 뼈마디마다 따뜻했다
아홉 번 꺾여도 살아낼 것 같은 이름 구절초
실뿌리가 몸 구석구석으로 뻗어나가 근질거렸다

나는 지금 풀물 드는 중인데
잔뜩 시퍼렇게 잔뜩 풀물 드는 것인데

마주선 그녀의 웃음이 나비처럼 날아와
푸른 어깨에 얹히고
등 이딘가 꼬물꼬물 가려워지는 나는
꽃을 피워 바람에 살랑거리는 꽃대처럼
헐렁해지는 한낮을 자꾸 흔들고 있다

탤런트 김미숙 씨

탤런트 김미숙 씨와 함께하는 저녁은 얼마나 행복한가
오후 6시에서 8시 사이
그녀가 만들어주는 두 시간에
라면에 찬밥을 말아 먹어도 즐거운 것은
배우라서가 아니라 나이 드는 것도 숨기지 않는
은근슬쩍 퍼져버린 그녀의 엉덩이처럼
온전히 인간적이고 싶은 시간을 조근조근 들려주며
음악으로 묻혀내는 사람의 향기 때문이다

규율에서 자유로의 시간
직선에서 곡선으로의 시간
은유에서 직유로의 시간
이성에서 감성으로의 시간
의식에서 무의식으로의 시간

비가 내리고 낙엽이 지고 눈이 퍼붓고 꽃이 피고
구름이 슬쩍 우울을 드리우는 날에도
그 모든 것들이 되어주는 그녀를 따라가다 보면
〉

누군가를 위해 고구마를 구워야 할 것 같은 시간
불을 켜놓고 찌개를 끓여야 할 것 같은 시간
책상을 깨끗하게 정리해줘야 할 것 같은 시간

오늘은 따뜻한 밥 한 그릇에 아내와 이야기를 나누
어 먹는 시간
그녀가 음반에 푸른 시간을 걸어놓고
우리들의 식탁으로 살짝 끼어들었다
퍼진 엉덩이로 이야기를 밀어내며

파꽃

고작, 혼자서는 넓은 안마당이 쓸쓸했을까
사랑채 뜰 위에 슬그머니 들어선 대파 한 뿌리
봄내 모른 척했더니 불쑥 꽃을 피웠다

낯선 풍경이 절경을 이룬 벼랑에
간절함이 세운 집 한 채

떠밀려본 사람들은 안다
밀릴수록 사소한 것에도 목숨 거는 억척이
스스로를 더 초라하게 하는 법인데
가끔 튀어 오르는 낙숫물에도 손을 벌렸을 저 가난
이
어떻게 텅 빈 속을 감추고 일가를 지켰을까

모질지 못해 떠돌았던 생인데

파꽃보다 많은 말꽃을 피우는 툇마루에
제 몸 다 비워 핀 노인들
멀리 있는 아이들도 불러오고

꺾어진 시절도 끄집어내는

파안일소破顏一笑,

아린 바람 냄새로 풀풀 흩어지던 웃음들이
집 안에 든 미물도 함부로 내치는 게 아니라는
오래된 이야기로 다시 저녁 바람벽에 못을 박는다

서로를 다독거리다
바람 든 무릎을 콩콩거리며 나서는 이웃들
쥐똥나무로 담장을 두른 문간에서
나는 중세의 문지기처럼 서성거렸다
안마당이 파꽃처럼 피어나는 저녁을

꽃

꽃은 피었으되
열매를 맺지 않는 것도 있다

반 시진 늦은
쌍둥이 동생은
세상의 이름 하나 얻지 못했다

그것도 한 生일 것이다

거기까지가
온전한,

악 쓰지 마라

배춧국

어머니는 삼시 세 끼 배춧국을 끓이셨다 어린 내 손
가락보다 굵은 멸치가 둥둥 떠오르던 된장 배춧국 가
난이 어떤 것인지 모르던 나는 어머니의 고단한 하루
도 모르는 채 반찬 투정을 했다 구수하고 시원한 국
맛이 어때서 그러냐고 큰 소리 내지 않고 고개를 숙이
셨다

나는 요즘 아이들에게 똑같은 말로 정말 시원하다
정말 구수하다를 연발하며 늦어도 한참 뒤늦은 맞장
구를 친다 그럴 때마다 아내는 내가 이제 늙었다며 자
기는 아직도 고등어자반이 최고란다 정말 나만 늙은
것인지 모르지만 배춧국을 먹을 때마다 어머니의 안부
가 궁금하고 불러보고 싶어 전화를 하는 것이다. 어머
니 어떠세요

감자를 먹는 방법

누구는 소금을 찍어 먹고
누구는 설탕을 찍어 먹는다
또 누구는 마요네즈나 케챱을 찍어 먹는데
나는 한사코 고추장을 찍어 먹는다

여름내 어머니는 개울가에 썩은 감자를 항아리에 담아 우렸다 아침저녁으로 두 번씩 물을 갈아주는 어머니의 몸에서도 감자 썩은 내가 진동했다 보랏빛 콩꽃이 피어도 고약한 냄새는 개울가를 떠나지 않아 버들치들도 물 밖으로 고개를 내밀지 않았다

감자밥에 감잣국 감자볶음 감자조림을 끼니마다 먹고도 모자라 어머니가 우리고 우려내 특별하게 먹던 감자떡에 감자범벅까지 고추장을 찍어 먹었던 그 밍밍한 어린 입맛

어머니가 썩은 감자에서 억지로 내놓게 한
하얀 가루는 얼마나 눈 부셨는지
〉

누군가는 젓가락으로 찔러서 먹고
누군가는 포크로 콕 찍어서 먹는데
나는 손으로 들고 먹는다
따뜻함을 만지작거리며

어머니의 가난을 받쳐주던
감자를 먹는다
손으로 들고 고추장 찍어

아침 편지를 읽다

숲이 숲의 말주머니 속을 떠돌던 이야기들을 거르고
걸러
나뭇잎 끝에 이슬 한 방울 써놓았다

순정한 것들은 빛나는 순간이 가장 위태로운데

차마 봉하지 못한 편지를 읽다보면
가슴 졸였던 숨결이 만져지기도 해
손끝이 떨리는데
그럴 때는 꼭 젖은 풀내가 났다

이런 편지는 아침 햇살에 읽어야 제 맛인데

세상의 반지하에 세 들었던 마지막 방세를
편지 봉투에 넣어두고 떠난 세 모녀
양심은 반듯한 사각형이고 흰색이라는 것을
나는 이제서야 깨닫는가

미안합니다. 마지막 방세입니다
〉

마지막 말을 다시 꺼내 읽으며
나는 못내 무엇엔가 미안해지는 것이어서

이 별, 이 나라, 이 집에 세 들어 사는 동안
치받칠 명치끝도 없던 나의 양심이
가늘게 숨을 고르며
오래오래 이슬방울을 읽고 있는 것이다

햇살이 발등에 와서 산산이 파삭 부서진다
눈물 같은 이슬 자국을 남기고

철원

　달랑, 숟가락 다섯 개 들고 발을 들여놓은 곳이 철
원이었다 만주독수리를 따라오느라 가을 시린 하늘만
쳐다보며 아이 셋을 업고 걸리고 발을 내디딘 곳. 경주
이씨 그래도 양반인데 장돌뱅이를 한다고 할아버지에
게 혼쭐이 난 후였다 화투와 골패에 작은마누라까지
들여 가산을 탕진하는 할아버지만 바라볼 수 없었던
아버지에겐 처자식 다섯에 출가 안 한 동생이 둘이었
다 살림을 꾸려볼 양으로 읍내 장터에 말표고무신 가
마니를 펼쳐놓았다가 동네 아는 눈에 띄어 말이 건너
가고 와 치도곤을 치렀다

　없이 가는데 도저히 안 되겠다 싶어 입 하나는 덜자
했던 게 딱 중간인 나를 떼어놓고 밤길을 나섰다 큰누
이는 크니 살림 일손이라 형은 장남이라 막내는 너무
어려서, 그런저런 이유로 남겨진 나는 할머니 치마폭
에 붙은 네 살이었다

　어찌어찌하여 철원 동송에 거처를 마련하고 젊은 부
부는 추수가 끝난 철원 평야를 마냥 걸었다 고구마 몇

개에 감자 몇 알을 허리춤에 차고 버들망태기를 메고 들고 하염없이 걸었다 속 모르는 이들이야 산책도 희한하다 했겠지만 그때처럼 넓은 철원 평야가 좋은 것도 없었다 새들이 줍기 전에 먼저 이삭줍기를 하다보면 허튼 눈물 흘릴 새도 없이 슬픔은 고만고만하게 사그라지고 한나절 나갔던 길을 되돌아오면서 눈물을 줍고 발자국을 지우듯 벼 이삭을 주웠다

　또 그러그러해서 이웃들의 일도 거들고 이듬해부터 농사 품을 팔며 돈을 모으고 더해 이 년 만에 땅을 샀더랬다 산골 다락논만 보던 사람들이라 너무 넓은 평야는 분간을 잘 못했을까 주인이 따로 있던 남의 땅, 사기를 당했다 한숨 소리에 하늘이 무너지지 않은 게 다행이고 눈물에 한탄강이 넘치지 않은 게 천만다행이지만 그때 궁예성 터의 주춧돌이 조금 흔들렸다는 큰누이의 객설인 철원 평야가 그들을 떠나보냈다 아버지 나이 삼십 대 후반의 일이었다 모내기철마다 밤이면 허술한 휴전선을 넘어 막아놓은 물꼬를 터오던 시절이었다 새들을 따라가 길은 훤했다고 했다
　〉

독수리 재두루미 청둥오리 등등의 철새 관광 차 나는 이 땅을 처음 밟아보는 것인데 드넓은 평야의 한쪽을 차지한 새들이 장관을 이뤘다 떼거리로 날아오기도 하고 철책 너머로 날아가기도 하는데 노을 무렵의 제 식구들 부르는 소리 따라 물결처럼 출렁거리며 논배미를 옮겨 앉는 철새들 나의 눈길은 어느새 무엇인가를 찾는 것처럼 길어지는 산 그림자를 따라 무논을 이리저리 옮겨다녔다 진객이라는 새들도 눈에 들지 않고 철원 평야가 초행이라 낯선 때문인지 자꾸 허전했다 넓고 넓어선지

손조심

배 깔고 엎드린 방바닥이 썰렁하다
11월까지는 보일러를 꺼 아껴보자고 한 지 며칠
펼쳐놓은 책의 글자들이 추운 발을 꼼지락거리고
입술이 푸르딩딩해진다
끝내 아내가 잠든 안방 솜이불 속으로 기어들며
어구, 내 난로 하고 호들갑을 떤다
웅크려 잠든 아내를 끌어안는 차가운 손이
배를 쓸다 은근슬쩍 그 아래로 내려간다
어허, 거기 잘못하면 손 딘다
화들짝 잠을 깬 말이 손을 잡으며 비껴간다
조심하긴 해야 한다 이십 오년이나 불을 땠으니
종잇장 위에 끄적거리다 버린 날부터
숯검댕이가 된 말 몇 덩어리와
검푸른 곰팡이가 필 대로 핀 일상까지
불꽃으로 피워준 아내
몸이 따뜻하다
따숩다

낼은 손에 붕대나 감아볼까

배추밭

감자를 까고 무를 썰다 손가락을 벴다
망상의 목이 순식간에 뎅겅 잘리고
뜬금없이 배추밭이 끼어들었다

채식을 하려 했는데 칼은 날고기가 먹고 싶었던 모
양이다
아궁이 앞에 앉아 참선이라도 하는 모양으로
왼손가락을 오른손으로 잡아 지혈을 했다

떨어진 목이 타오르며 불꽃을 더하자
공범임이 분명한 어둠이 슬쩍 물러서고
나무의 아집 같은 단단한 옹이에도 불꽃은 피어
가끔 죽비소리를 냈다
무릎을 적셔오는 따뜻함에 곧 물드는
나를 두드리는 소리
간간이 어디쯤에서는 연기가 풀썩거려 눈물 나고
말도 오래 속을 기르다보면
뜻만 여물어 돌 같아지는데
〉

익숙하다는 것은 무뎌진다는 말이었고
허물까지도 스스로에게 허락한다는 뜻이었다

상처를 상처로 감싸 안는 도마 위에 떨어져
연꽃처럼 피고 있는 피 한 방울

칼이 자른 것은 익숙함이었다

가랑잎이 떨어지며 어둠을 비질하는 소리가 그렁그
렁했다
내일, 속이 앉은 배추밭에는 가지 못할 것이다

3부

흙수저

물인, 그저 물인 나는
날개가 없다

흙에서 나서 흙에서 뒹굴고
흙이 온전히 키웠으므로
날아오르기 위해 나는

나를 발기발기 찢어발긴다

지독한 안개라고
내 속을 헤집으며 가는 사람들,

나는 머리마다 하얀 꽃을
하나씩 달아주었다

가난한 봄

빚더미 위에 올라앉아
빚잔치를 치르는 풀들을 본다

냉기 든 바람언덕
풀꽃이 휘청거릴 때마다
일찍 취한 벌들이 징징거리고
좁쌀만한 꽃잔마저도
넘치는 빚, 빚, 빚

이제는 점점 빚이 늘어나는 때

아지랑이의 자글자글 끓어오르는 속앓이에
느닷없는 돌팔매

잔뜩 부어오른 봄을 향해
노랑할미새 곤두박질치고 있다

비명 같은 울음만 남기고

2014 416

아픔은 잊히는 게 아니라
시간 속에 유폐되는 것이다

세월이 흐른 뒤에도
오늘의 세월을 누군가 물을 것이다

세월 속을 갔는지
세월을 끌고 갔는지 밀려갔는지
세월에 침몰했는지
묻고 묻고
또 물을 것이다

아픔은 잊히는 게 아니라
시간 속에 살아 있는 것이다

실업

나의 진자는 자주 멈춘다

뚝,

아주 끊어져버리지도 않고

한 그릇의 밥

반은 몸으로 하고 나머지 반은
무량한 생각으로 일구는 것이 농사다

그러니까,
오뉴월 땀으로 감자를 캐는 동안
머리맡으로 울고 가는 까치 소리에
반갑게 맞고 싶은 누군가를 떠올리던 호미질처럼
몸의 수고와 생각이 반반인,

풀을 뽑으면서 깊은 근심을 들어내고
비닐을 씌우면서 태풍 걱정을 덮었을 것이다
농약을 치며 대출받은 악성 부채를 제할 방법과
논두렁을 깎으며 이웃과의 날선 모서리를 깎았을 것
이다
순한 웃음은 이자처럼 얹었을 것이다

그렇게 만들어진 쌀이고, 호박이고, 감자다
그러니 어찌 밥 한 그릇에 배만 부르겠는가
생각이 없을 수가 있겠는가

젊은 노동가치설과, 자본론만 가지고 어디 농사가
되겠는가
경제론만 가지고 무슨 손익계산서가 나오겠는가

이러한 밥을 먹는 사람들이
옥수수처럼 살림이 커가고 감자보다 속이 맑아지지
않겠는가
청무를 닮아 푸릇한 마음이 둥글어지고
고추보다 매운 세상을 거듭 생각하지 않겠는가
배추처럼 속이 꽉꽉 차오르지 않을 수가 있는가

그런 생각들을 우려낸 국 한 그릇에
아내의 따뜻한 생각이 덧붙여진 한 그릇의 밥
밥을 잘 먹어야 된다
허튼 얘기가 아니다

좁쌀 한 톨

세상에서는 무위당 장일순을 일러
반독재 투쟁의 사상적 지주이며
서예가 교육자 철학자 시민운동가라 불렸는데
정작 선생 자신은 좁쌀 한 톨일 뿐이라며
일속자一粟子라는 호를 쓰셨는데
만년의 공자처럼 세상 누구를 만나도
거슬림이 없고 스스럼이 없어
모두 선생과 이웃이 되었는데

얄궂게도

선생 살아생전 이 땅에는
좁쌀 한 톨 담을 그릇이 없었는데
좁쌀 한 톨의 무게를 감당하지 못했는데

밑씻개

희고 부드러운 화장지 하나에
문화적으로 보이던 때가 있었다

쭉 찢어
꾸깃꾸깃 접었다 펴서
뒤지로 쓰던

물을 만나면
흐물흐물 풀어져 종이였는지조차 모르는
덧씌워진 이름 화장지

권력을 위해
꼭 한 번 쓰고 버린 밑씻개

민주시민이라 불렸던 사람들 있다

개똥참외

참외를 먹다보면 다 삼켜지지 않고
입 안에 남는 씨 있다

먹는 사람을 모양 없게
퉤퉤거리게 만들면서 끄집어내야 되는

잇몸이나 이빨 사이에 끼는 씨앗

꼭 있다

뒤로 나와
개똥참외 되기 싫은

자존감.

옴나마시바야

― 故 이성규 감독에게

골목을 바람이 막 지나갔다

세상의 길 하나를 잡고 당겨보면
거기 어디쯤에서 우리는 세상의 말들을 뒤적거리고
있구나
나무와 꽃과 바람의 말을 들으며
시와 노래와 몸짓으로 우리는 세상의 말들을 배웠
구나

길 위에서 꺼내들었던 말들을 새긴 필름 속에
너는 불편했다 가난했고 불편한 만큼 가슴을 태우며
차마 세상 밖으로 나가지 못하고
세상의 끝을 헤매 다녔던 사람아

너는 너를 팔아 불편한 세상을 그려놓았구나

오래된 인력거를 끄는 저 맨발의 불편함이
세상의 휘어지고 꺾인 길들을 달렸구나

무엇을 바꾸려 그 길 잘라내듯 바삐 서두르는가
필름을 편집하듯 네 삶을 도려내었는가

너의 목소리가 쇳소리를 내던 엊그제
나는 울지 못했다
한 자 한 치도 건너지 못하는 눈빛에
캄캄한 어둠의 허방을 디뎌 나는
눈물마저 잃어버렸다
인샬라

서로가 서로의 결핍이 위안이었던 찻집 바라,
  음표들이 시간의 경계를 풀어 술렁이고
  취한 너에게 등을 내주던 옥천동 골목이 한참 부푸
는데
  오늘은 왜 이렇게 손이 더디고 발길이 막막한 것
이냐
  네가 닫고 간 세상의 문 안에서 서성거리는 나는
  함께여서 즐거웠던 눈물과 웃음을 들춰보며
  종교적이고도 불편한 세상의 말 하나를 던진다

시바.

담배

나 담배 피운다 그래, 나도 마음만은 딱 끊고 싶기도 한데 눈 떠서 아침 뉴스부터 말아 피우다보면 종일 피우게 돼 정치 경제 사회 문화부터 민주 좌파 우파 진보 보수 다 말아 피우고 학문적 인간적 사회적 종교적 윤리적까지 말아 피우지 요즘은 독하고 맛없는 정치인이나 신을 아주 많이 아주 자주 말아 피워

그러다보면 풍연 가득한 먼 산과 마주서서 숲도 말아 피우고 가끔은 구름에다 사랑도 하나씩 겹쳐서 말아 피워야 되는데 어쩌겠냐 이럴 때는 속이 쓰리기도 하고 입 안도 깔깔하고 왜 나라고 안 쓰겠냐 더군다나 이렇게 생각을 덧대고 덧대 피우는데 연기는 왜 안 독하겠냐 독한 걸로 치자면 자동차 배기가스가 백배는 더 하지 다 알잖아 왜 모른 척 자동차 몰면서 담배 피우는 놈만 나쁜 놈 만들어 자전거 타고 다니든가 걸어 다니면서 그러면 모를까 안 그래 다 힘과 돈의 논리 아냐

그래 나 세금 많이 내면서 담배 엄청 피운다 담뱃값

올리고 여기저기 금지구역 만들어 나쁜 놈 만들지 말고 정치 잘 해 그럼 담배 피울 일 적지 않겠어 좋은 사회 좋은 나라는 규제가 적을수록 좋은 거 아닌가 법이 많아지면 질수록 너도 거기에 발이 묶여 자동차 모는 너도 나쁜 놈 될 날 멀지 않았어

　　당신이 내뿜는 이산화탄소 줄이던가 당신이 다 마셔 아니면 숨을 열 번만 쉬셔 이 구역에 사람 너무 많아 공기가 탁해 너 나가 지구별 바깥으로 사라져 곳곳이 다 이런 거와 다를 게 없지 않나

　　야, 담배 하나 줘봐

가뭄

저것들이 비에 젖고 있는 줄 아니
저것들은 지금 빗방울의 목을 꿰고 있는 거다
모가지를 꿰면서 찌르면서
핏물 같은 빗물을 흠뻑 뒤집어쓰고 있는 거다
봐라 저기 뜨끈한 김이 서려오지 않니
비안개라고 누가 아는 소릴 하니

서툰 창끝 같기도 하고
막 날아오르는 화살 끝 같기도 한
옥수수와 들깨의 그루터기들
들쭉날쭉 들어선 날카로움이
지난 가뭄을 묻는 것이다
목마름보다 더 아팠던 가슴을 묻는 것이다

　잘못된 것은 언제가 돼도 저렇게 모가지를 내놔야
하는 것이다

　제때 내리지 않고 엄한 곳을 떠돌며 빙빙 돌았는지
그렇게 묻고 있는 것이다

어느 쪽만 편애해선 안 된다

　이 땅에 살아 있는 모든 것들에게 골고루 나눠야 하
는 거다

개

요즘은 한글만 알면 시를 쓴다고
시인이라고 한다며
개나 소나 다 시인이라고!
술 한 잔 걸친 탓이겠지만
유명 화가분의 거나한 소리에

요즘은 한글 모르는 사람들이
그림 그리면서 화가라던데요
개나 돼지도 한글을 알고 시 쓰는데
라고 돌려줬는데

시도 쓰고 그림도 그리는 친구가
그래도 도둑놈, 강도공화국보다
시인공화국 화가공화국이 낫지 않겠냐고
말을 덧대 웃음으로 버무렸는데

요즘은 국민이 개돼지라는 권력자들이 있어
아예 사람 취급을 안 하는데
시와 그림을 아는 개돼지들이 있는 나라

거긴 이떤 니라

개로 살아온 사람들이 애달파지는 것인데

어디 전봇대 같은 권력 없나
자꾸 한쪽 다리가 들썩거린다

4부

감옥으로부터의 사색

시집 한 권을 묶어내도록 하는 벌을
상이라는 꼬리표로 바꿔 달아
나에게 주는 심사위원들의 수상 이유는
당신과 조직을 위해,

열흘 안에 책 한 권 분량의 시를 내도록 하면서
나를 상징과 은유의 감옥에 처박았다
기간 내에 다 하지 못해 도저히 안 되겠다고 했더니
엄청 인심 쓴다는 듯 다시
열흘을 더 구겨 넣었다
꼬박 이십 일 동안
감옥에서 보내는 한때

자기 검열이니 하는 말은 입에 발린 소리고
삼류도 못 되고 아직 흔한 문단족보도 없는 주제에
시인입네 하면서 동업자 행세를 하는 내가
영 못 마땅했을 것이다
나이는 먹을 만큼 먹었으니
대놓고 욕은 못하겠고

엿이나 드셔봐 하고
감옥으로 밀어 넣으며 끌끌거리는데
평소에는 전혀 안 일어나던
잡다 복잡한 일 다 만들어주고
마군들까지 보내 시간을 뺏으며
시험에 들게 한다 한들
용빼는 재주 있겠냐만

이번 생을 시로 다 탕진한 나를
미학과 철학의 감옥으로 또 쑤셔 박아
남은 생마저 시에 저당 잡히게 하는 나쁜,
정말 정말 미워할 거다
내 아내가 더

충치蟲齒

　내 속에 어떤 말들이 그렇게 기어 나오고 싶었으면 이빨에다 구멍을 다 뚫었느냐 무슨 말을 보태고 어떤 뜻을 세우고 싶었는지 모르겠지만 이렇게 악취가 진동하는걸 보니 너를 가두고 말을 삼킨 게 백번 잘한 일이겠다

　경제적으로는 땅 한 평 집 한 칸 없이 세든 세민이고
　사회적으로는 아무 배경도 쓸 만한 학적도 없는 소시민이며
　정치적으로는 옳은 게 옳다고 하는 줏대 없는 무이념주의자에 가깝고
　문화적으로는 눈과 귀도 밝지 못한 적당히 속물이라
　과학적으로는 아주 한참 뒤진 구닥다리이고
　윤리적으로는 반성하기를 죽 먹듯 하며 양심에 털난 인간이고

　이 별 어디에도 없는 온전한 민주며
　백성을 위한 권력 또한 없다는 것은 아는 이는 다 아는 일이겠고

무슨 새로운 시대정신이나 우주적 통찰이 있기나 한
것처럼
　용을 쓰고 기를 써 몇 십 년 구멍질을 했는가
　분명한 것은 의사도 나도 아는 바
　썩은 것은 임시방편으로 때워서 쓸 게 아니라
　빼고 도려내 새로이 하는 게 맞겠다
　그래야 더는 옮겨지지 않고 썩어문드러지는 일 없지
않겠나

　자, 아 벌려 속 좀 보게

미인도美人圖

낡은 장롱을 배경으로 앉아
노인네 마늘을 깐다

벚꽃이 만발이네, 세상 참 곱기도 하지

가끔 창밖을 보며 혼잣소리에
꽃빛 들어 환해지는 얼굴

易은 뭐 하러 보노
뭐 하나 바꾸지도 못 할 한세상인데

방바닥에 배 깔고 엎드려
꽃처럼 피지 못하는 날들을 빗대보며
주역을 보는 나를 나무라는 액자 속의 어머니

책의 命理를 따라가다 한눈팔 때마다 말을 건네며
음양오행의 까실까실 보풀이 일어나는 말들을
하얗게 속살까지 벗겨내신다
〉

띄엄띄엄 책을 들추다 슬그머니 문을 나서면
마당 가득 분분한 꽃잎으로 날리는 기억들
마늘 향처럼 아릿하고 꽃향기 풋풋한데

지나고 나면 다 아름다운 날들이지

흠흠, 아직 세상을 모르겠냐고
뒷전에서 헛기침하신다 생시처럼

스윽

치맛자락 쓸리는 소리 같은 스윽
밤거리 길 모퉁이에 그림자가 스윽
한적한 오후에 뒷덜미 싸하게 스윽
아무 생각 없다가 불현듯 스윽

소리 같은, 그림자 같은, 모양 같은, 이미지 같은

스윽

느닷없이
너는 나를 지나간다

밤벚꽃

바람이 더는 폭력이 아닌
지는 꽃잎에게도
세월은 또 아픈 것이어서

저렇게 어두운 세상 귀퉁이라도 한번
확
무너뜨려보는 것이리라

삶과 죽음이 분간 없는 찰나.

탐석探石

산을 내려온 무리들이
찬물에 얼굴을 씻고 가부좌를 하고 있다

젊은것들은 거칠고 모가 나 있었지만
뜻이 있어 나쁘지 않았다

꽃과 나무와 새를 품은 돌,
산 것들이 얼마나 사무쳤으면 가슴에 담았을까

누군가를 오래 사랑하면 핏줄 속에 꽃이 피는 병이
든다는데*
하염없이 꽃을 토하다 죽는다는데

더러는 사람을 들어앉히기도 하고
온몸으로 풍경이 되어 세상을 품기도 했다

자신을 버려야 살아나는 돌,

배알 같은 것으로 자갈밭을 이룬 나는

산다는 것이
얼마나 비굴해야 하는지 말하지 않았다

몸을 뒤척이는 강물에
슬며시 손만 씻고 돌아섰다

검은 물줄기가 유장하게 꿈틀대는 돌 속을
누군가 걸어 나오고 있는 오후다

* 마츠다 나오코(松田奈緒子)의 만화 『하나하키오토메(花吐き乙女)』에 등장하
  는 가상의 질병. 하나하키병(花吐き病). 일명 꽃 토하는 병.

몸살을 듣다

한밤중에 깨어 너의 읍소를 듣느니
얼마나 시급을 다투는 일이기에 장계도 없이
어둠의 빗장을 벗기고 무례히 잠을 밀치는 것이냐
몸과 마음, 대저 무엇이 그러하느냐
무릇 그것은 치우침이 없어야 하거늘
뜻이 과해 일상을 고르게 하지 못한 나의 불찰이라

말이 모질어 누군가를 아프고 분노케 했음이라
한 푼 따뜻함도 나누지 못한 욕심에
한참 웃자란 어리석음이
칠흑의 어둠에 덧칠을 하고도 남겠구나
새벽은 아직 멀었느냐

눈을 감으면 사람과 사람
말과 말이 엇물려 어지럽더니 땀범벅이더니
이제는 한기가 들어 뼈 마디마디 쇳소리를 내는구나
말이란 또 얼마나 독하고 추운 것이냐
심히 부끄러워 탕약도 쓰다 하지 못하겠다
〉

에둘러 말하지 않고 곧게 이르니
격하고 불같아도 나쁘다 하지 않겠다
누가 있어 나의 허물을 논하겠느냐
어떤 속도 셈하지 않는 네가
백 번 옳고 바르다

이제 너는
두통 발열 근육통 오한 모두 거두어 돌아가라
몸과 마음을 정히 다스려 처소에 들 것이다
청컨대 대비 부인의 잠은 깨우지 마라
이 모두 과인에게 속한 일이다
끄응.

봄바람

누가 속 깊은 강물에 농을 걸어
저렇게 잇몸까지 하얗게 드러내고
종일 깔깔거리게 하는가

누가 겨우내 식었던 몸을 더듬어
어디라고 할 것 없이 푸른 솜털까지 일으켜 세우며
거친 숨소리를 아지랑이로 뱉어내게 하는가

누가 나무들의 은밀한 물길을 터뜨려
색색의 꽃으로 활짝 열어놓고
사정없이 화정花情을 쏟아내게 하는가

목덜미를 스치는 바람의 손길에 화들짝 놀라
고목나무가 바라보는 강변의 봄, 바람

말

    말 꼬랑지 잡지 마라
    말대가리를 잡아야 몸통을 움직일 수 있는 거다
    뒤가 흐린 사람이 말꼬리나 잡고 되레 큰소리치는
거,
    못난 놈이 따로 있는 게 아니다
    닭대가리처럼 비틀기만 해서 되겠나
    가끔 쓰다듬어주기도 해야지
    말 꼬랑지 잡았다가
    말발굽에 채인 사람 여럿 봤다
    말 빌려 쓰는 일도 빌려주는 것도 조심해야 한다
    다 망신살 들 수 있다

    말은
    생물生物이다 어디로 튈지 모르는.

백담사

예전 어느 시절에 부처를 보러 갔다가
불심 모자란 나는 부처는 손바닥도 못 보고
전 뭐라는 전직 대통령 명패만 보고 돌아섰다

기분이 몹시 상하고 미련도 남아
혹시나 만해마을에 곡차를 하러 내려오셨나 들렸
더니
문학 세미나에 백일장 한다고 둥당 복잡거렸다

정계, 문계, 관계 높은 분들 모여 사진 찍기 바쁘고
작가 지망생 청소년들은 도랑 건넛방에 모아놓고 글
쓰란다
책상도 없고 선방처럼 맨바닥에 쭈그려 앉아
원고지에 자신을 담고 그리는 아이들

저쪽과 이쪽,
한 발짝 도랑 사이가 천당과 지옥 같은데

시심도 턱없이 부족하고 도량도 작아 심사만 더 뒤

틀려

　부처도 스님 시인도 만나지 못한 게 다행이라 위로
했는데

　이쪽과 저쪽을 나와 세상으로 돌아오는 다리를 건
너다 알았다

　원고지 칸마다 들어앉은 아이들이 불립문자不立文字
고

　방 전체가 단단하고 장대한 법문을 이루어

　도랑 건너를 경계하는

　불자고 시인임이 분명했다

정선아라리 풍으로, 첫째 마당

앞산에 도토리는 우루루 우루루 떨어지고요
뒷산에 별들은 우수수 우수수 지는데요
무정한 세월에 와르르 와르르 무너진 서방님에
가슴속 가랑잎만 와스스 와스스 부서집니다

앞개울 동글동글 주먹돌은 절로 되었나
산 뜯어 먹고 강 뒤져 먹다보니 주먹돌 됐지
아픈 사랑은 무진무진 세월에 바스러지고요
질기고 짠 눈물 남아 맨질맨질 주먹돌 되었지

가을이라 찬 서리에 딸네 걱정 아들 염려 말고
우리 낭군 이 방 저 방 남의 사람 군입질 근심
눈 퍼붓고 뒷동산에 소나무 자빠지기 전에
황덕불은 아니어도 쥐불이라도 놓아주시게

앞산을 넘어가는 둥근 해는 넓고 넓은
허공도 붉디붉게 잘도 잘만 태우는데
맵디매운 연기만 거적거적 피우면서
시커먼 아궁이는 왜 자꾸 쑤석거리나
〉

가래울 굽이굽이 사시사철 물길이야
모래자갈 솔가지로 막으면 그만인데
밤마다 넘치는 우리 집 샘물 얼지도 않고
부엉이 우는 밤새 막고 막아도 끓어 넘치네

앞집에 검둥개는 울 밖에서 없는 짝도 잘 찾는데
우리 집 흰둥이는 쌕쌕 씩씩 잠만 잘두 잔다
정자나무 옆 샘물은 얼구 싶어 얼었나
이리저리 물 푸는 나그네 없으니 얼어터지지

봄나물 산나물 배고픈 가난 쥐어뜯다가
등판에 엄한 흙물 풀물은 괜히 들었나
바람 솔솔 때깔 좋은 양지쪽 묏잔등에
봄 햇살 살송곳에 찔려 아파 누웠다 들었지

장가 떡집은 길쭉두툼 가래떡이 찰진데요
박가 떡집 시루떡은 앞뒤 포개져 따따근하지요
짧은 해에 쫀득쫀득 인절미 절구질은 그만하고
뜨끈뜨끈 아랫목 식기 전에 팔베개나 해주오
〉

굴참나무 꼭대기 겨우살이 뭉태기는
붙어먹고 살아도 사시장철 푸르른데
우리 집에 그 사람은 삼시 세 끼 먹고 먹어도
자작나무 바지랑대 세워 잡을 힘도 없네

물속의 모래무지 피라미야 눈 치뜨지 마라
모래알 같은 세상 많고 많은 사람 중에
돌다리 건너서는 덜렁덜렁 우리 낭군
헐렁한 베잠방이 속은 왜 자꾸 디다보나

밤마다 소쿠리로 이별 저별 다 따다 주고
앞산 뒷산 빨랫줄은 팽팽하니 잘도 매주더니
정선 읍내 분 냄새를 못 잊어서 가셨나
강 건너 여시네를 옆문짝으로 가셨나

앞문 뒷문 꽝꽝 꽁꽁 칡넝쿨로 묶었더니
울타리를 째고 뚫고 개구멍으로 가셨네

그나저나 님도 보고 샘물 냇물 먹고 퍼냈으면

달도 지고 별도 삭았는데 안 오시나 못 오시나

이제라도 오시게나 한 해만큼만이라도 오시게나
한 해 지나 세 해만큼만이라도 꼭꼭 오시게나

정선아라리 풍으로, 둘째 마당

고초당초 맵고 맵던 가랭이골 며느리 고추밭은
애당초 이놈저놈 노루 멧돼지 드나들었는데요
화물차 경운기 들고나며 청고추 실어내기 바쁘구요
이골저골 드나들며 고춧돈 얹어주는데요

자가용 오가면서 빨간 고추 마른 고추
때깔 좋고 물건 실한 고추 찾는 도시 사람들
이 물건 저 고추 물도 보고 간도 보는데요
딸 고추 며느리 고추 나눠 담기 바쁘다지요

비탈비탈 상비탈인 고랭지 배추밭은
박스박스 배춧돈을 차로 실어 나른다는데요
앞산 딱따구리 구멍 파는 소리는 듣는 둥 마는 둥
손목 잡을 시간도 정신머리도 없다는데요

반장네 배춧잎돈 방방마다 쌓아놓고
별 떨어지는 소리에도 허리춤을 추켜올리고요
앞뒷집 빨랫줄 끊어지는 소리에도
물푸레나무 부지깽이만 부여잡아 세운다지요
〉

해 뜨면 날 저물고 돌고 도는 게 돈이라지요
무너졌던 살림살이 우적우적 일으켰으면
정 없이 부질없는 몽둥이만 세우지 말고
꽃 같은 님 꽃잠 자는 아랫목에 얼른 드셔서
멧돼지 콧김 입김 씨근씨근 들썩 풀썩
물도 푸고 어둠도 푹푹 파서 갈아엎고요

정 나눠 이 밤에는 별도 따고 달 속에도 들어
님 오래 낭군도 오래 가는 세월도 꼭꼭 안으시라

결핍의 현재에서 실재계로

이상문 시집『사랑에 대하여 묻지 않았다』읽기

오민석(문학평론가 · 단국대 교수)

1

시인은 (철학자와 더불어) 세상의 '결핍'을 가장 예민하게 감지하는 자이다. 그러므로 시인은 자신도 모르게 결핍과 가장 치열한 길항(拮抗) 관계에 놓이도록 싸운다. 그 싸움은 결국 세상을 향해 있으며, 결핍을 끝없이 재생산하는 '아버지의 법칙(Father's Law)'을 향해 있다. 시인이란 결핍을 존재 그 자체로 만드는 모든 대문자 아버지들에게 저항하는 오이디푸스이다. 세상은 거세를 무기로 시인을 억압하지만, 시인은 무의식적으로 죽음 충동에 자신을 맡기며 그 너머를 꿈꾼다. '그 너머'란 오직 결핍의 세계를 끝장(죽음)내야만 도달할 수 있는 실재계(the Real)이다. 언뜻 보기

에 쉬운 언어로 (결핍의) 일상을 이야기하고 있는 것
처럼 보이는 이상문의 시들은, 상징계(the Symbolic)
의 모서리에서 죽음 충동을 거쳐 실재계로 넘어가는
자의 고통과 주이상스(jouissance)를 동시에 보여준
다. 그의 목소리는 결핍의 세계를 알리는 나팔소리이
면서, 동시에 자신과 세계를 해체하는 파열음이다. 그
가 자신도 모르게 자신을 파열하는 순간, 결핍의 상징
계가 파괴되며, 그는 점근선적(asymptotically)으로
실재계에 다가간다. 그러므로 시인은 넘을 수 없는 것
을 넘으려 하는 자이고, 도달할 수 없는 것에 도달하려
하며, 날개도 없이 무궁 무궁한 것을 찾아 날아가려는
자이다.

물인, 그저 물인 나는
날개가 없다

흙에서 나서 흙에서 뒹굴고
흙이 온전히 키웠으므로
날아오르기 위해 나는

나를 발기발기 찢어발긴다

지독한 안개라고

내 속을 헤집으며 가는 사람들,

나는 머리마다 하얀 꽃을
하나씩 달아주었다

—「흙수저」 전문

　이 시야말로 이상문의 시 세계를 응축하고 있는 가
장 대표적인 작품이다. 제목의 "흙수저"는 존재 자
체가 결핍인 주체이다. 게다가 흙수저-주체는 "날
개"가 없으므로, 결핍의 세계에서 해방될 수 없다. 그
러나 흙수저-시인은 자신을 '해체'해서라도, 날개
가 있어야만 닿을 수 있는 곳으로 가고야 만다. 이것
이 시인-주체의 배리(背理)적 행위이다. 그것이 오인
(misrecognition)일지라도, 날개 없는 주체를 날게
하는 것은 오로지 주체의 죽음 충동밖에 없다. "그저
물인" "나"가 "지독한 안개"가 된 것은 이처럼 자신을
"발기발기 찢어발"긴, 해체의 결과이다. 주체의 무의식
적인 해체를 통해, 결핍의 상징계를 넘어 "하얀 꽃"들
이 피어난다. 오해를 막기 위해 말하자면, 주체의 해체
혹은 죽음 충동이 꼭 생물학적 죽음과 연관된 것은 아
니다. 그것은 오히려 정신이 '개 같은' 현실을 넘어 스
스로를 숭고화(sublimation)하는 한 방식이며, 그 숭

고화의 물질적·정신적 결과물이 예술이다. "하얀 꽃"은 이렇게 정신이 죽음의 고통을 넘는 순간 피어나는 주이상스의 응결체이다. 그것을 피워내지 못하는 자들을 우리는 예술가라고 부르지 않는다. 이것이 바로 유한자로서의 시인-주체가 결핍의 현실을 넘어 실재계에 도달하는 방식이다.

    치맛자락 쓸리는 소리 같은 스윽
    밤거리 길 모퉁이에 그림자가 스윽
    한적한 오후에 뒷덜미 싸하게 스윽
    아무 생각 없다가 불현듯 스윽

    소리 같은, 그림자 같은, 모양 같은, 이미지 같은

    스윽

    느닷없이
    너는 나를 지나간다

                    —「스윽」 전문

    "소리 같은, 그림자 같은, 모양 같은, 이미지 같은" 것들은 한결같이 시의 구성물들이다. 그것은 시인 자신도 모르게 "스윽" 다가와 "싸하게" 시인을 건드린다. 시인은 언제나 "느닷없이", '지금, 여기'에서 도래할 '거기'로 갈 준비가 되어 있는 자이다. 시인에게 그 모든 '지금, 여기'는 '악몽'이기 때문이다. '지금, 여기'에 만족한 자는 시인이 될 수 없다. 결핍이 없는 세계는 없으므로 모든 '지금, 여기'는 결핍의 세계이고, 예술가란 언제나 '도래할 미래'를 꿈꾸는 자이기 때문이다.

2

이상문 시인에게 있어서 결핍의 세계는 여러 가지 모습으로 형상화된다. 그것은 때로 가족사의 형태로 나타나기도 하고 사회·역사적 층위에서 표현되기도 한다. 물론 개인적 결핍과 사회적 결핍은 서로 분리될 수 없다. 잘못된 시스템이 수많은 개인을 결핍으로 몰아넣기도 하기 때문이다. 이 시집에서 그가 건드리는 결핍의 다양한 현상 가운데 가장 새롭고 강한 표현력을 얻은 작품으로 「가난한 봄」을 들 수 있다.

빚더미 위에 올라앉아
빚잔치를 치르는 풀들을 본다

냉기 든 바람언덕

풀꽃이 휘청거릴 때마다
일찍 취한 벌들이 징징거리고
좁쌀만한 꽃잔마저도
넘치는 빚, 빚, 빚

이제는 점점 빚이 늘어나는 때

아지랑이의 자글자글 끓어오르는 속앓이에
느닷없는 돌팔매

잔뜩 부어오른 봄을 향해
노랑할미새 곤두박질치고 있다

비명 같은 울음만 남기고

—「가난한 봄」전문

　전통적으로 "봄"과 "풀"과 "꽃"은 대체로 긍정과 희
망과 생명의 기표들이다. 물론 "꽃"의 덧없음을 노래
한 시인들은 많지만, "봄"과 "풀"에 부정의 시니피에
를 갖다 붙이는 예들은 드물다. 그러나 이 시는 이것
들을 "빚"이라는, 결핍의 현실감을 노골적으로 보여
주는 명사와 결합시킴으로써, 은유를 넘어 기상(奇想
conceit)의 단계로 올라간다. 세상에, 바람에 흔들리
는 풀들을 빚덩이의 출렁임으로 묘사하다니. 거기에

흔들리는 "좁쌀만한 꽃잔"에도 빛이 넘친다니. 꽃이 어우러진 봄날의 푸른 풀밭에 뛰어드는 "노랑할미새"마저 빛에 "곤두박질치고" 있다니. 그 작은 새의 노래를 "비명 같은 울음"이라고 쳐버림으로써, 이 시는 역설적이게도 생명(희망) 충만의 봄을 결핍 충만의 세계로 생생하도록 아프게 치환한다. 이 시에서 봄은 희망과 생명의 계절이 아니라, 엘리엇(T. S. Eliot)의 그것처럼 "가장 잔인한" 계절이다. 그러나 엘리엇의 "4월"이 '관념적' 층위에서 잔인한 계절이라면, 이 시에서 "봄"은 '현실적' 층위에서 가장 잔인한 계절이다. 희망과 생명을 죽이는 결핍의 기표가 온 세상을 뒤흔드는 게 봄이라면, 이 세상은 도대체 얼마나 깊은 결핍인가.

　　　반은 몸으로 하고 나머지 반은
　　　무량한 생각으로 일구는 것이 농사다

　　　…(중략)…

　　　풀을 뽑으면서 깊은 근심을 들어내고
　　　비닐을 씌우면서 태풍 걱정을 덮었을 것이다
　　　농약을 치며 대출받은 악성 부채를 제할 방법과
　　　논두렁을 깎으며 이웃과의 날선 모서리를 깎았
　　을 것이다

순한 웃음은 이자처럼 얹었을 것이다

그렇게 만들어진 쌀이고, 호박이고, 감자다
그러니 어찌 밥 한 그릇에 배만 부르겠는가
생각이 없을 수가 있겠는가
젊은 노동가치설과, 자본론만 가지고 어디 농사
가 되겠는가
경제론만 가지고 무슨 손익계산서가 나오겠는가

—「한 그릇의 밥」부분

　문제는 결핍을 감당하는 것이 결국은 '힘든' 노동이
고, 그 노동에 스며 있는 끝도 없는("무량한") 생각들
이라는 것이다. 그 모든 '이론'들도 설명하거나 해결할
수 없는 '실제' 안에서 결핍은 끊임없이 발생하고 재
생산된다. 물론 이 시의 메시지는 그러므로 밥 한 그
릇 먹는 것을 쉽게 여기지 말라는 것이지만, 화자가 볼
때, 이 세상은 "순한 웃음"마저 "이자처럼" 얹어주는,
"근심"과 "걱정"으로 구성되어 있다. 개체의 노동과 그
노동에 얽힌 "무량한" 생각들을 세상은 알아주지 않는
다. 그러므로 공의(公義 public justice)가 설 자리도
없다.

세상에서는 무위당 장일순을 일러
반독재 투쟁의 사상적 지주이며
서예가 교육자 철학자 시민운동가라 불렀는데
정작 선생 자신은 좁쌀 한 톨일 뿐이라며
일속자一粟子라는 호를 쓰셨는데
만년의 공자처럼 세상 누구를 만나도
거슬림이 없고 스스럼이 없어
모두 선생과 이웃이 되었는데

얄궂게도

선생 살아생전 이 땅에는
좁쌀 한 톨 담을 그릇이 없었는데
좁쌀 한 톨의 무게를 감당하지 못했는데

―「좁쌀 한 톨」전문

결핍으로 가득 찬 세상은 그 자체 결핍이므로 "좁쌀 한 톨"만한 공의가 들어갈 자리도 허락하지 않는다. 이 세상은 자리는커녕 이 완강한 피라미드 시스템에 저항하는 개체들도 모두 "밑씻개"로 만든다.

권력을 위해
꼭 한 번 쓰고 버린 밑씻개

민주시민이라 불렸던 사람들 있다

—「밑씻개」부분

3

결핍은 대문자 '아버지의 법칙'이 지배하는 상징계의 보편적 특징이지만, 그 한계 내에서 결핍의 강밀도(intensity)를 조정하는 방법이 없을 리 없다. 그것은 '공통'의 결핍을 '공통'으로 인지하는 '공통체'(안토니오 네그리 A. Negri, 마이클 하트 M. Hardt)가 있을 때 가능하다.

저것들이 비에 젖고 있는 줄 아니
저것들은 지금 빗방울의 목을 꿰고 있는 거다
모가지를 꿰면서 찌르면서
핏물 같은 빗물을 흠뻑 뒤집어쓰고 있는 거다
봐라 저기 뜨끈한 김이 서려오지 않니
비안개라고 누가 아는 소릴 하니

—「가뭄」부분

공통체는 공통의 문제에 대한 뼈아픈 공유가 있을

때 가능하다. 타자의 고통에 '함께 느껴 들어감(애통 compassion)'이 없이 "누가 아는 소릴" 해봐야 타자의 "핏물 같은" 고통을 이해할 수 없다. 그러나, 어느 세상이, 어느 주체가 타자의 고통 속으로 들어가 그것을 자신의 고통으로 느낄까. 이런 궁핍과 가난의 세계는 도대체 "어디서부터, 무엇 때문에"(「철쭉꽃 필 무렵」) 생겨난 것일까. 문제는 이것이 특수하면서도 매우 보편적인 인간 세계의 '존재론적' 문제이기도 하다는 사실이다. 그러나 시인은 이것이 아무리 보편적인 문제라 해도 그것으로부터 등을 돌리지 않는다.

참외를 먹다보면 다 삼켜지지 않고
입 안에 남는 씨 있다

…(중략)…

뒤로 나와
개똥참외 되기 싫은
자존감.

— 「개똥참외」 부분

시인은 결핍의 세계 안에서도 마지막까지 그것을 용

인하지 않는 "씨"이다. 그것이 시인의 운명적 "자존감"
이다. 그러할 때 시인이 취하는 방법은 '이 세계'에서
'저 너머'의 세계로 치고 나가는 것이다. 그러나 '이 세
계'는 마치 에고(ego)와 슈퍼에고(superego)가 완고
하고도 촘촘한 검열 기제로 무의식의 방출을 좀체 허
락하지 않는 것처럼, 시인의 일탈을 그냥 놔두지 않는
다. 그때 시인은 죽음 충동에 자신의 상상력을 맡기고
'저 너머'의 세계, 즉 실재계로 몸을 날린다.

　　　바람이 더는 폭력이 아닌
　　　지는 꽃잎에게도
　　　세월은 또 아픈 것이어서

　　　저렇게 어두운 세상 귀퉁이라도 한번
　　　확
　　　무너뜨려보는 것이리라

　　　삶과 죽음이 분간 없는 찰나

　　　　　　　　　　　　　　　　─「밤벚꽃」 전문

　여기에서 "삶과 죽음이 분간 없는 찰나"야말로 상징
계의 모서리에서 실재계의 입구로 시인이 몸을 던지는

순간이며, 시인에게는 가장 큰 고통과 주이상스가 동시에 획득되는 순간이다.

> 규율에서 자유로의 시간
> 직선에서 곡선으로의 시간
> 은유에서 직유로의 시간
> 이성에서 감성으로의 시간
> 의식에서 무의식으로의 시간
>
> ─「탤런트 김미숙 씨」부분

　이 시의 '~에서 ~로의 시간'에서, 앞부분을 상징계로, 뒷부분을 실재계로 이해해도 된다. 시인은 규율, 직선, 은유, 이성, 의식에서 자유, 곡선, 직유, 감성, 무의식으로 끊임없이 탈주하는 유목민이다. 세계의 모든 결핍은 시인과 철학자와 예술가들로 하여금 탈주를 꿈꾸게 한다. 그리고 그 모든 탈주는 결핍이 없는 세계를 향해 있다. 그들을 설사 현실을 모르는 '이상주의자'라고 야유한 들, 그들의 행로는 바뀌지 않는다. 그러므로 결핍이 시인을 낳고, 결핍이 철학을 낳으며, 예술을 낳는다고 말할 수 있는 것이다.

> 네가 닫고 간 세상의 문 안에서 서성거리는 나는
> 함께여서 즐거웠던 눈물과 웃음을 들춰보며
> 종교적이고도 불편한 세상의 말 하나를 던진다
> 시바.
>
> ―「옴나마시바야」 부분

"세상의 문 안"(상징계)에서 먼저 떠난 자를 그리워하며 '시바'라고 말할 때, 시가 튀어나온다. 이런 점에서 시는 "시바"처럼 "종교적이고도 불편한 세상의 말"이다. "시바"가 "종교적"인 것은 실재계를 향하는 그것의 숭엄함 때문이며, "불편한" 것은 그것이 "세상"과 싸우고 있는 언어이기 때문이다. 이 시집은 그런 언어로 가득하다.

사랑에 대하여 묻지 않았다

1판 1쇄 인쇄	2019년 11월 25일
1판 1쇄 발행	2019년 12월 5일

지은이	이상문
발행인	윤미소
발행처	(주)달아실출판사

책임편집	박제영
디자인	안수연
마케팅	배상휘

주소	강원도 춘천시 춘천로 17번길 37, 1층
전화	033-241-7661
팩스	033-241-7662
이메일	dalasilmoongo@naver.com
출판등록	2016년 12월 30일 제494호

ⓒ 이상문, 2019
ISBN 979-11-88710-53-9

* 이 도서의 국립중앙도서관 출판예정도서목록(CIP)은 서지정보유통지원시스템 홈페이지(http://seoji.nl.go.kr)와 국가자료공동목록시스템(http://www.nl.go.kr/kolisnet)에서 이용하실 수 있습니다.(CIP제어번호 : CIP2019047852)
* 잘못된 책은 구입한 곳에서 바꿔드립니다.
* 책값은 뒤표지에 표시되어 있습니다.